ある日
人は
鳥になる。

Someday
people
may become like birds

久保克児

絵・葉祥明

春秋社

もくじ

ある日
人は
鳥になる。

ひとり歩けば

一足ふみ出すごとに小さくなって
ついでに心も幼くなって
たちまち
わたしは子供になる
子供になってずんずん歩く
なんだかとっても不思議な気持ち
公園の樹《き》木が
いつもと違う
そばまで行って見あげてみる
大っきいなあ
そのまた上の上の青い空
広いなあ
広くて大っきい世界の中の
小さなわたし

これってなに
夢の中にいるのかな
でも
小さな小さな自分を観じて
わたしの心は
とっても愉快
とっても自由
うれしいな
ひとり歩けば
わたしの中で
子供の心が
飛んだり跳ねたり
はじけて遊ぶ

ザ『法華経』

きょうは
このところ　ひそかに通《かよ》って一人で嬉しんでいる
誰かに言いたくてならない
わたしの　お釈迦さま劇場の話です
お釈迦さま劇場の演物《だしもの》は　ザ『法華経』
二十八幕　場《ば》の数は
さあ幾つになるのでしょうか
通《とお》し狂言ですからね
観《み》るのも　なかなか根気が要るのです
いく日も通わないと最後の幕が下《お》りません
幕が下りたあとも
またハテ何の話だったっけと頭をひねったり
登場人物たちのセリフは理解し難《がた》い言葉だらけ
何なの　これはと投げ出したくなるのです

でも　それでもね
通っていくうちに
何やら判ってくることがあるのです
何よりも　まずね
ザ『法華経』はドラマなのだということ
わたしは観客です
お釈迦さまと
その弟子たちのやりとりを観ている
聞いている観客なのです
今度《こんど》は何が起きるのだろうと
ワクワクドキドキしながら
余裕で観ている観客です
宇宙規模の大胆な構想と大きな仕掛け
場面展開も実に鮮やか
瞬間移動なんていうのもあったりして

「ひやぁ」とびっくりしていると
どこからか
「われ釈迦牟尼仏《しゃかむにぶつ》は事実を語る者である」
「在《あ》るがままを語る者である」などと
おごそかな声が聞こえて来たりするのです
そして
そうか　そういうことかと
観念論ではないのねと
いつか　思わず
大いに納得している　わたしを
わたしが発見したりするのです

ザ『法華経』通《がよ》いは　ずっと続くと思います

少しだけ勇気を出して

言いたいこと
あるんじゃない？
思っていること
あるんじゃない？
黙ってないで
言っちゃおうよ
少しだけ
勇気を出して

泣きたいこと
あるんじゃない？
話したいこと
あるんじゃない？
黙ってないで
言っちゃおうよ
少しだけ
勇気を出して

苦しいことと
楽しいことは
背中あわせ
ひとつのこと

叫びたいこと
あるんじゃない？
吐き出したいこと
あるんじゃない？
黙ってないで
言っちゃおうよ
少しだけ
勇気を出して

心の中

母の肌のぬくもりの記憶すらなく
父の面影《おもかげ》の片鱗《へんりん》すらない
その人の
長い歳月を
おもってみる
子は
親というサンドバッグを頼りに
不確かな自分を
確かめ確かめ育つものを
どんな自分も受け止めてくれる
決してあきらめることなく背を押し続けてくれる
父は
母は
子の揺るぎない心の支えであるものを
自分をつかまえる自分の手掛かりが何もない
その心もとなさをおもってみる

はかりしれない
その人の心の中を
さらにさらに
おもってみる

目の前にいる
その人は
いま
含羞《はにか》むように静かに微笑む
母が宿り
父が宿り
心の中で微笑むのだろうか
端正《たんせい》な面《おも》立《だ》ちが
「ハイ」と顔をあげて咲く
にりん草にも似て
つつましく美しい

依りどころ

子を思わない親はいないのに
親を慕《した》わない子はいないのに
子が親を殺す
親が子を殺す
ありえないことが起こる

わが子を殺そうと
娘を産んだ母がいるだろうか
父を殺そうと
産まれてきた息子がいるだろうか
あってはならないことが頻《ひん》ぴんと起こる

この国の親たちは
太古《たいこ》の昔から
二親《ふたおや》を依《よ》りどころとして生きてきた
創造主《そうぞうぬし》から与えられたいのちではなく
親から授かったいのちを
わたしたちは先祖代だい生きてきた
稀有《けう》な民《たみ》だ
親と子の信頼が
人間存在の根本であると生きてきた民だ
倫理も道徳も
ここに発祥《はっしょう》している民だ

その民が
いま
まさに滅びようとしている
依りどころのない者たちの
再生産が行われている

鳥になる

ある日
人は
鳥になる
からを割り
やがて
飛び立つ
鳥になる
迷いなく
いささかのためらいもなく
まだ飛んだことのない空へ飛び立つ

鳥になる
つばさを広げ
大空を
自在に舞う
鳥になる
役に立たないプライドを脱ぎ捨て
人は
鳥になる
鳥になって
自由に生きる

自分

父と母と子と
愛してやまない
人と人の葛藤《かっとう》の中で
人は
自分との折り合いがつかない
自分にへこむ

人生は
でもここが始まり

人との関わりの
ここが始まりです

お母さんが好きですか
お父さんが好きですか
自分が好きですか

落葉松

ちらちらちらちら
落葉松の葉が降る

これからが始まりだねと語り
心に決めて二人で眺めた
あのときの落葉松の葉は
芽吹いたばかりの
みどりだった
あざやかなエメラルドグリーンが
目に焼きついて
励みとなった

そしていま
目の前に広がる
ブラウンゴールドの
落葉松の林
日をあびて豊かに輝く
どの一足《ひとあし》もむだな一足はなかった
どの一足も今に続く一足だった
と想う
やわらかな落葉松のじゅうたんを踏みながら
あたたかい気持ちになって
しみじみと想う

ちらちらちらちら
落葉松の葉が降る
音もなく降る

こころ

みんなが持っているこころ
キンチョウしたりゆるんだり
軽くなったり重たくなったり
くるくるこころころ
人と人とをつなぐこころは
ちっともじっとしていない

こころは
でも
変わるのがいい
変わるから
希望につながる道も開ける

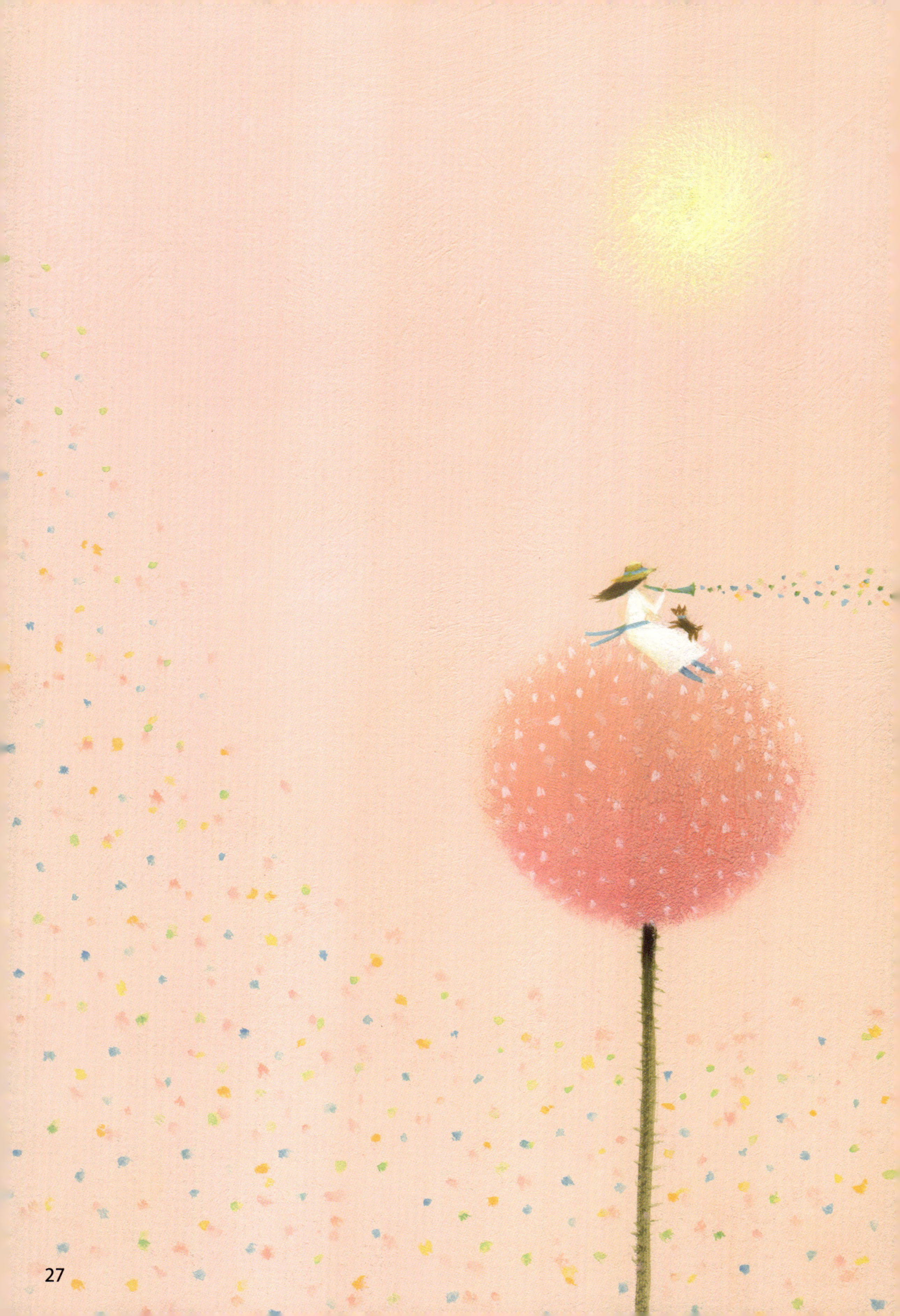

「神力」の章

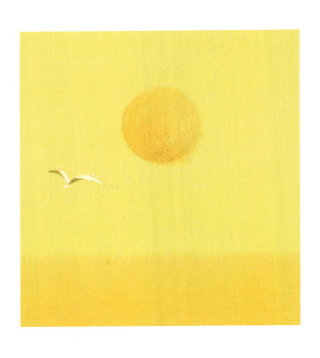

ドラマ・ザ『法華経』を観《み》に
お釈迦さま劇場に通いはじめて六度目《ろくどめ》
まだまだ何が説かれているのか
一向にわかりません
でもね
このごろは観客のはずの私が　いつの間にか
のこのこ舞台にあがっていて
登場人物たちの中に坐っていたり
ときには　お釈迦さまになっていたり
かと思うと
観客の私を幾人《いくにん》もつくって
「ん?」「だよネ」なんて会話をしていたり
オモシロイことになってきました

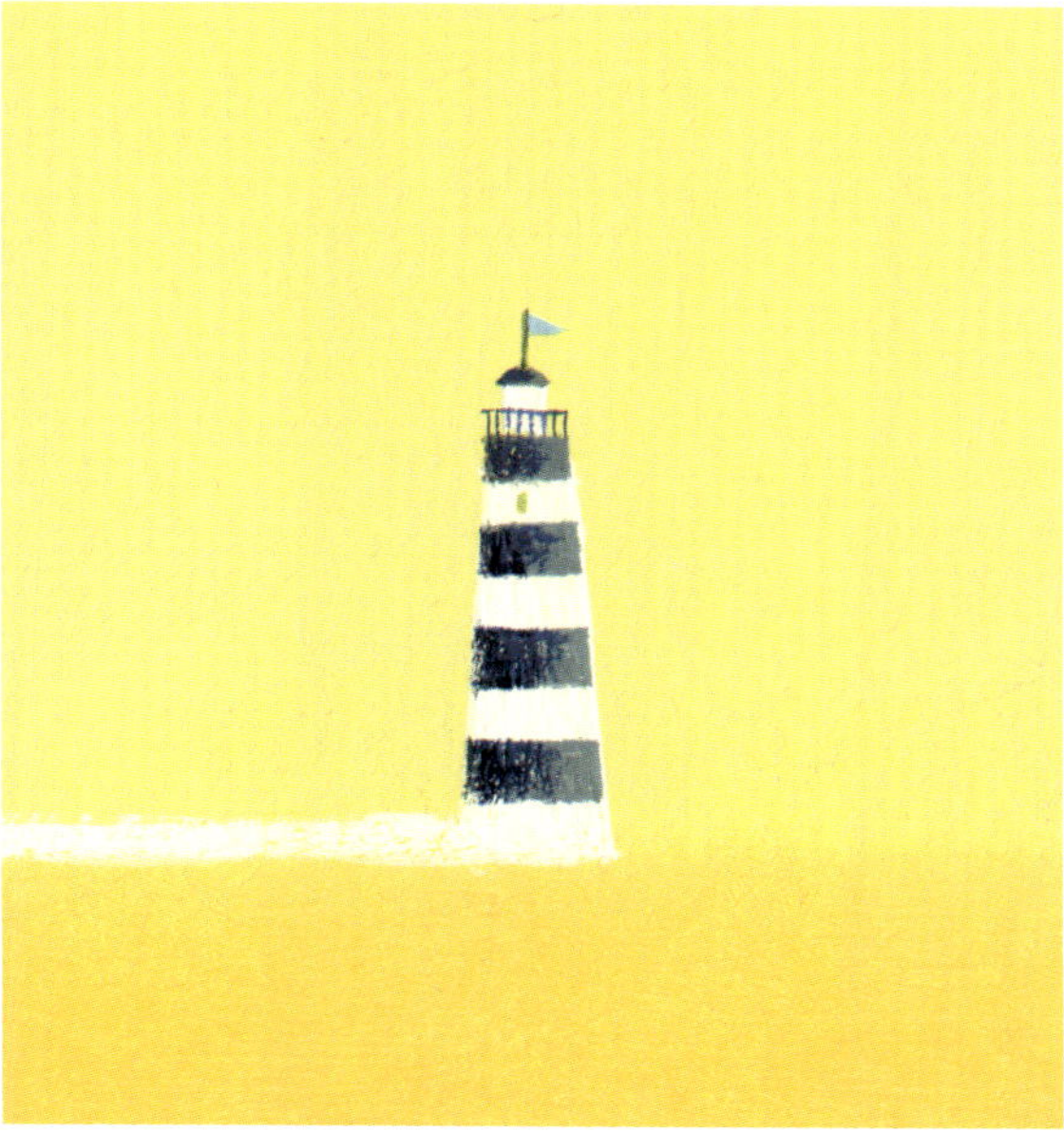

そして　あるとき
何やら見えてきたりもするのです
たとえば
仏たちの広くて長い舌が天まで届いて
光り輝いたという
しかも　その間《かん》十万年
そうです
あの仏の神通力《じんつうりき》の章です
何なの　それって　どういうこと？
ずっと私の眼の前に見えるのは
実は大きな大きなハテナマークだけでした
それがね　今　少うしだけど　わかりました
光り輝くものって仏よね
だから　つまり　これってね
お釈迦さまと諸仏たちが
それも短くはない時間　語りあったということ
ではないのかしら

円《まある》くなって互《たがい》の顔を見ながらね
人間の本来《ほんらい》を生きる　みんなで
人間の本当《ほんとう》を語りあったという
そういうことなのではないかしら
最後の　いっせいに指を弾《はじ》くというのは
「愉快だね」の印《しるし》
刻《とき》は　いつだって
あっという間に過ぎていってしまうもの
十万年だって　あっという間です

ザ『法華経』の道程《みちのり》は遠いです

小さなキミへ

勝ち組になる為《ため》の価値基準は
子供には通用しない

賢いねえ
キミのパパは
そうだよねえ

パパはいっしょうけんめい働いてきて
くたびれてるんだからさ
明日もまた
がんばらなければならないんだからさ
静かにしてくれよ
寝かせてくれよって
いくらおねがいしても
キミはパパパパってぐずり続けて
寝ないんだって
仕方がないから
パパはキミをおんぶして
キミが寝入るまで
夜の道を歩いたんだって

キミがまた偉かったのよねえ
マママママじゃなくって
パパパパパってぐずったのがさ
エライ

キミのパパは
人間に目覚めたんだそのとき
勝ち組だの負け組だのって
世を惑《まど》わす言葉の呪縛《じゅばく》から自由になって
キミと生きる人に
キミのパパはなったんだ

孝行息子だね
キミは
二歳のお誕生日はもう来たのかな

女も男も〝いのち〟は平等

女が男を尻に敷いてどこが悪い！

目の前の長老が声を発した
居合わせた人びとの間から
思わず大きな拍手が湧《わ》き起こる
よおし　よく言った
拍手の向こうから仏の善哉《ぜんざい》　善哉が
聞こえてくるような

男が女を尻に敷くと言うか
男は女をかしずかせ手足のように
こき使ってきたのではなかったか

男も女も〝いのち〟は平等

郵便はがき

料金受取人払郵便

神田局
承認

3340

差出有効期限
平成30年8月
31日まで
（切手不要）

101-8791

535

千代田区外神田
二丁目十八―六

春秋社

愛読者カード係

＊お送りいただいた個人情報は、書籍の発送および小社のマーケティングに利用させていただきます。

(フリガナ) お名前	(男・女)	歳	ご職業
ご住所 〒			
E-mail		電話	

※**新規注文書** ↓（本を新たに注文する場合のみご記入下さい。）

ご注文方法	□**書店で受け取り**	□**直送（宅配便）** ※本代+送料210円（一回に	
書店名	地区	書名	
取次	この欄は小社で記入します		

購読ありがとうございます。このカードは、小社の今後の出版企画および読者の皆
とのご連絡に役立てたいと思いますので、ご記入の上お送り下さい。
希望の方には、月刊誌「**春秋**」（最新号）を差し上げます。　＜ 要 ・ 不要 ＞

〈タイトル〉※必ずご記入下さい

●お買い上げ書店名（　　　地区　　　　書店　）

書に関するご感想、小社刊行物についてのご意見

※上記感想をホームページなどでご紹介させていただく場合があります。（諾・否）

読新聞	●本書を何でお知りになりましたか	●お買い求めになった動機
朝日 読売 日経 毎日 その他 （　　　）	1. 書店で見て 2. 新聞の広告で （1）朝日 （2）読売 （3）日経 （4）その他 3. 書評で（　　　紙・誌） 4. 人にすすめられて 5. その他	1. 著者のファン 2. テーマにひかれて 3. 装丁が良い 4. 帯の文章を読んで 5. その他 （　　　）

容	●定価	●装丁
満足 □普通 □不満足	□安い □普通 □高い	□良い □普通 □悪い

近読んで面白かった本　（著者）　（出版社）

名）

㈱春秋社 電話03・3255・9611 FAX03・3253・1384 振替 00180-6-24861
E-mail:aidokusha@shunjusha.co.jp

女たちよ
自分を責めることはない
男たちよ
家庭の平和が一番だ

卒寿《そつじゅ》に近い長老は熱く語る
拍手　拍手　拍手
会場は共感のあらし
二〇〇九年五月三十日
この国の男と女の平等への
確かな一歩が踏み出された日
新しい日

母

夢だったのだろうか
若かった　あの頃の　あの苦しみ
人を責め自分も傷だらけになって
ころげまわった日びが遠のいていく
ここには
誰にでもやさしくなれる気がする
わたしがいる
出会う人みんなと仲よくなれる気がする
わたしがいる
若みどりの葉を揺らして吹く風がいい
音をたてて降る雨がいい
誰だってみんな
一人は淋しい

泣いたり笑ったり
一緒に生きてくれる人が欲しい
ぬくもりが欲しい
遠い日の母の心が
いま　やっと
わたしの心に届いてくる
眼に映るすべてが美しい

五十年

金婚式？
結婚五十年？
エッ？
ウソ？

一瞬　誰のことかと耳を疑い
思わずこんな言葉が

でも
そうなのです
気がつけば
正真正銘《しょうしんしょうめい》五十年

親とつないでいた手を放し
彼と手をつないで歩き出して
今まさに目の前で
半世紀が過ぎようとしているのです

でも　でも
やっぱり信じられません
あれから本当に五十年も経ったのでしょうか
なぜって
二人はまだまだ互いがわからないもの同士です

余生は棚卸《たなおろし》をして暮らそうと
ここまでは一緒なのです
でも　でも　でも
ここから先が全く違っているのです
棚からおろしたものを
妻は捨てることしか考えてなくて
夫は整理してまた取って置くのだそうな

何なのでしょうか　この違い
オモチャ箱をひっくり返したような部屋で
二人は腹をかかえて大笑い

結婚五十年は本当なのでしょうか
いま始まりなのではないのでしょうか

〃お父さん〃

仏ってなに?
仏になるってどういうこと?
右に左に首をかしげながら
通《とお》し狂言《きょうげん》・ザ『法華経』観劇の
只今八回目です
八回目にしてわかったことを一《ひと》つ報告します
仏って〃お父さん〃なのですよね
腕力がある〃お父さん〃

でも腕力を行使しない〝お父さん〟
子がその気になるのをじっと待つ
子の自発性に待つ力を具《そな》えた
沈着冷静な〝お父さん〟
思慮深く自信に満ちた
実にカッコイイ〝お父さん〟
なのですよね
ここまではわかっておりました
それがね
この度《たび》もう少しわかったのですよ
実は
この非の打ちどころのない完璧な〝父〟は
かつて子を捨てた父でもあるのでした
子を捨て家を出た痛みを抱えた父でもあるのです

後年《こうねん》　母を支え立派に成長した息子にめぐりあい
苦労をかけたことを詫《わ》びる父でもあるのです
キミの存在なくして私の存在はないと語り
息子を労《いたわ》る父でもあるのです
〝仏〟である〝父〟と　その息子との関わりの
なんと人間的であることか
思わず胸に迫まるものがありました
やがて子もまた仏になるとありました
仏って　やっぱりカッコイイ〝お父さん〟
ということになるのでしょうか

メッセージ

オロオロ　ウロウロ
一生が終わってしまうことのないよう
追い立てられ苦しみながら
誰かに従《つ》いて行くのではなく
自分の足で
自分のこころの働きで
生きて行く自分になれるよう
朝でも昼でも夜でもいつでもいい
毎日
自分をこの世に送り出した親を想ってみる
自分がこの世に送り出した子を想ってみる
自分を想ってみる
脳裏《のうり》に浮かぶのは
子の笑顔か
親の渋面《しぶづら》か

ハッと我に返る自分が居《お》ろう
安心する自分が居ろう
逃げるなと自分を叱咤《しった》する自分が居ろう
子は
親は
生きている自分を把《つか》まえる究極の縁《よすが》だ
いのちの拠《よ》りどころ
こころの依《よ》りどころだ
シッカリと繋《つな》がって行け
必ず道は開く

自分

人の口に乗《じょう》ぜられてはダメ
つつましく自分を養い
しっかりと自分を保つ
いい空気を吸って
いい空気を自分も吐けるようになる
自分の中の驕《おご》りが
自分の中の卑屈《ひくつ》が
見つかった人の口から洩《も》れる息が
いい空気になるのね　きっと

小鮒《こぶな》つりしかの川が今も流れる
山あいを列車に揺られながら
改めて自分をおもう
明日《あした》の自分をおもう
今朝《けさ》生まれて　これから育っていく
自分をおもう
紅葉《もみじ》の中の竹林《ちくりん》のなんという青さ
清《すが》すがしさ
目をつぶって目に焼きつける

問答

ごらん
君には何が見える

高層ビルの群《むれ》　高速道路　アスファルトの道　走る車　歩く人　走る人犬を引き散歩する人　電車　電車に乗る人　降りる人　冬の田畑《たはた》　「癡憐《ちれん》」の文字の読みとれる古い墓石　楽し気《げ》に父と戯《たわむ》れる女の子　気どる女　正直に自分を語っていい顔になる男たち女たち　笑う人　涙する人　拍手する人　踊りを踊る人　踊らせる人　宴《うたげ》に興《きょう》じる人　宴を仕切る人　賑《にぎ》やかに過ぎてゆく刻《とき》　青いビニールシート　路上で暮らす人　絵を画《か》く若い女

ののしりあう娘と母　威張《いば》る男　張り合う女　引きこもる息子に心を砕《くだ》く母　首を吊《つ》ろうとする夫　抱き止める妻　ケンカしながら道を拓《ひら》く賢い夫婦　死に逝《い》く人　徘徊《はいかい》する人　探す人　大汗をかいて雪を降ろす人　手を合わせ感謝する人　火を吹く山　洪水　暴動　揺れる地面　燃える家生まれたばかりの赤子　土手《どて》のベンチに坐り遠くを見つめる青年　日だまりの堀割《ほりわり》　ゆるりと身をひる返す一尺ほどの鱸《すずき》…………

そうか
君が見ている　それが現実だよね
いま起きている事実だ
永久に続く人間の真実だ
さて
そこで
君は何を思う
何を考える
どう生きる
君自身は
どうだ見えるか

お釈迦さまは私にとって
超々々々ウルトラスーパー大先達《だいせんだつ》
そのお釈迦さまと
私は気がつくと
問答《もんどう》しています

感動

チョット来て

くれのある日のことでした
わが家に昔《むか》しからいる
直径５センチほどの
丸《ま》あるいハートの形のサボテンが
わたしを呼ぶのです

ハイハイハイ
いけない　水だ
ゴメンゴメン

水さしを持って窓ぎわに

ヤッパリ

わずか6×5センチの掌《てのひら》に乗る
それだけでも十分に心細い
サボテンの住み処《か》は
カラッカラッでした

ゴメンネ
いつものように水をたっぷりやりました

そのときです

コンニチハ　ハジメマシテ

小さな声がするのです

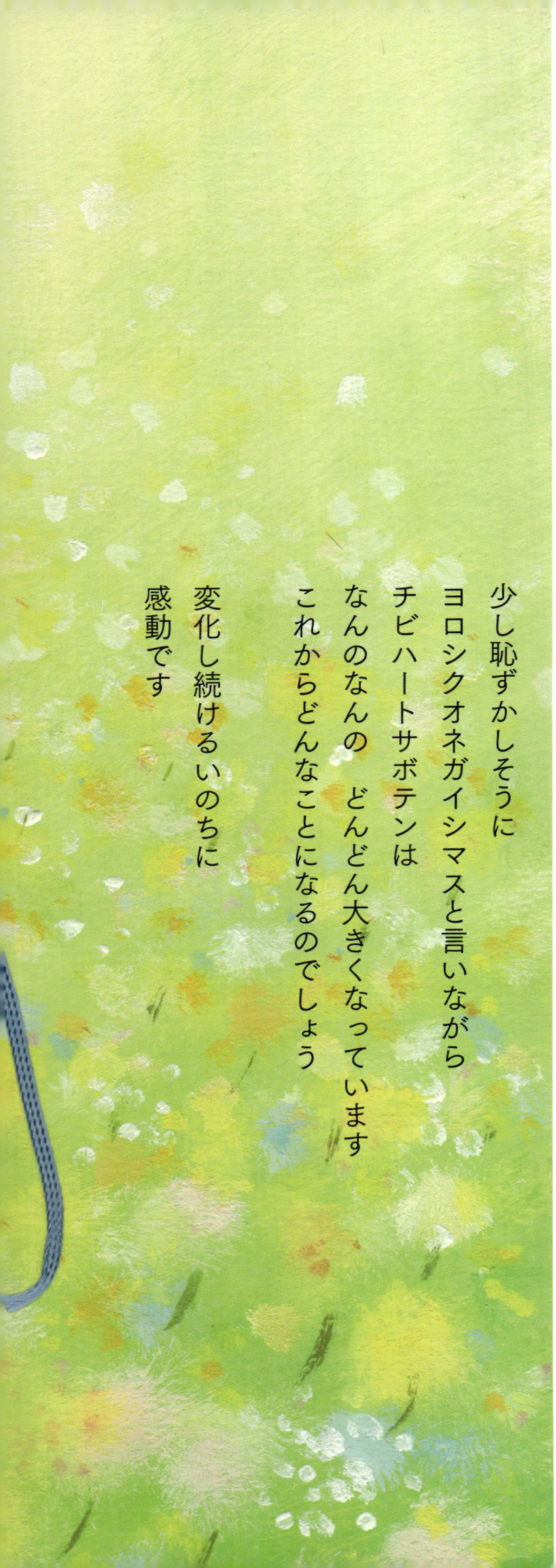

なんと古株《ふるかぶ》の隣《となり》に
一センチほどのかわいらしいサボテンが
小さいけれども立派なハートの形のサボテンが
顔をのぞかせているのでした
色も艶《つや》も先輩に負けません
みずみずと深い濃いみどり色に輝いています

少し恥ずかしそうに
ヨロシクオネガイシマスと言いながら
チビハートサボテンは
なんのなんの　どんどん大きくなっています
これからどんなことになるのでしょう

変化し続けるいのちに
感動です

菩薩

みんな
誰かと触れあって
生きている

ほほえみを交わしあうのも
ののしりあうのも
触れあいのうち
その一言《ひとこと》で奮《ふる》い立つことも
その一言で折れてしまうことも
折れたこころは　でも
また誰かの一言で
より強くなって立ち直ることも

みんな
知らず知らずに
菩薩《ぼさつ》をやって
一日が暮れる
一年は夢のよう
新しい年も
どうぞ　よろしく

お父さん

驚《おどろ》かないでよ
お父さんが死んだ
弟からの電話に
しばらくご飯が
ノドを通らなかった
あのときから
もう四十有余年《しじゅうゆうよねん》
そして
わが家の法座《ほうざ》の
過去帳《かこちょう》の中の人となった

お父さん
あなたは
今もなお
わたしたちを護《まも》る人です
月のはじめの
七の日がめぐってくるたびに
元気かと
穏《おだ》やかな笑顔が浮かんできます
あなたを知らない
あなたの孫や
そのまた子らも
あなたに挨拶《あいさつ》をしています
彼らのオハヨウが
お父さん
聞こえますか

これからも
ずっとずっと
よろしく

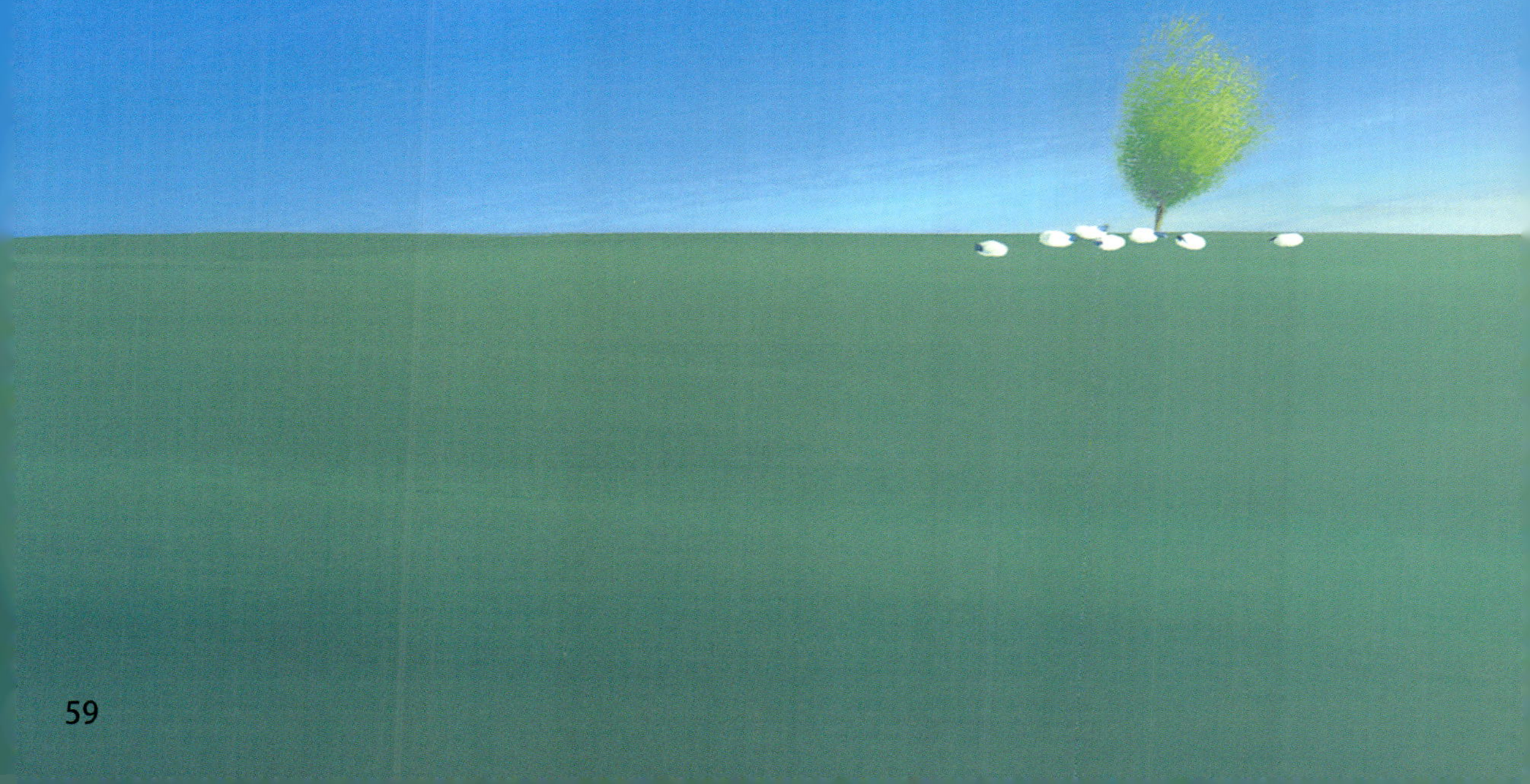

出発

人の前で話をするのが
苦手《にがて》です
他人《ひと》の話を聞いては
劣等感《れっとうかん》にさいなまれ
話をしては
話さなければよかったと
いつも後悔していましたと
自分を語る人がいた

わたしは
いつの間にか
自分を飾る自分になっていました

自分を正面から見ることが
できない自分になっていました
悩んできました
やや一年
沢山《たくさん》の人たちの
さまざまな話を
聞かせていただいて
今わたしは
目が覚めました
自分を良く見せようとすればするほど
苦しくなるのだと
みんなが辿《たど》り着《つ》く真実に
わたしも
気がつきました

新しい出発を
笑顔で語るその人は
さながら幼《おさ》な子《ご》
美しかった

破顔

わし
ゴネとったんですわ
四年間
破顔《はがん》して自分を語る
初老《しょろう》の紳士
はずかしそうに
うれしそうに
ゴネとったん？
過去形できましたね
おかしくって
楽しくって
みんなで
笑ってしまう

またの日
ま　ひきこもりですな
わたし　それでした
近頃《ちかごろ》は
みなさんの話を聞いて
やっぱり人間は
世間に顔出しをして
他人《ひと》の話を聞かなあかんと
つくづくと思もてます
自分を語る
初老の男性《ひと》が
生真面目《きまじめ》に
率直《そっちょく》に
ひきこもり？

なるほど
耳を傾《かたむ》ける人がみんな
自分の中の
ひきこもり性《せい》を確かめて
どっと笑いが
笑えるってすばらしいこと
笑って学んで
エネルギーをチャージ
ことしも元気で

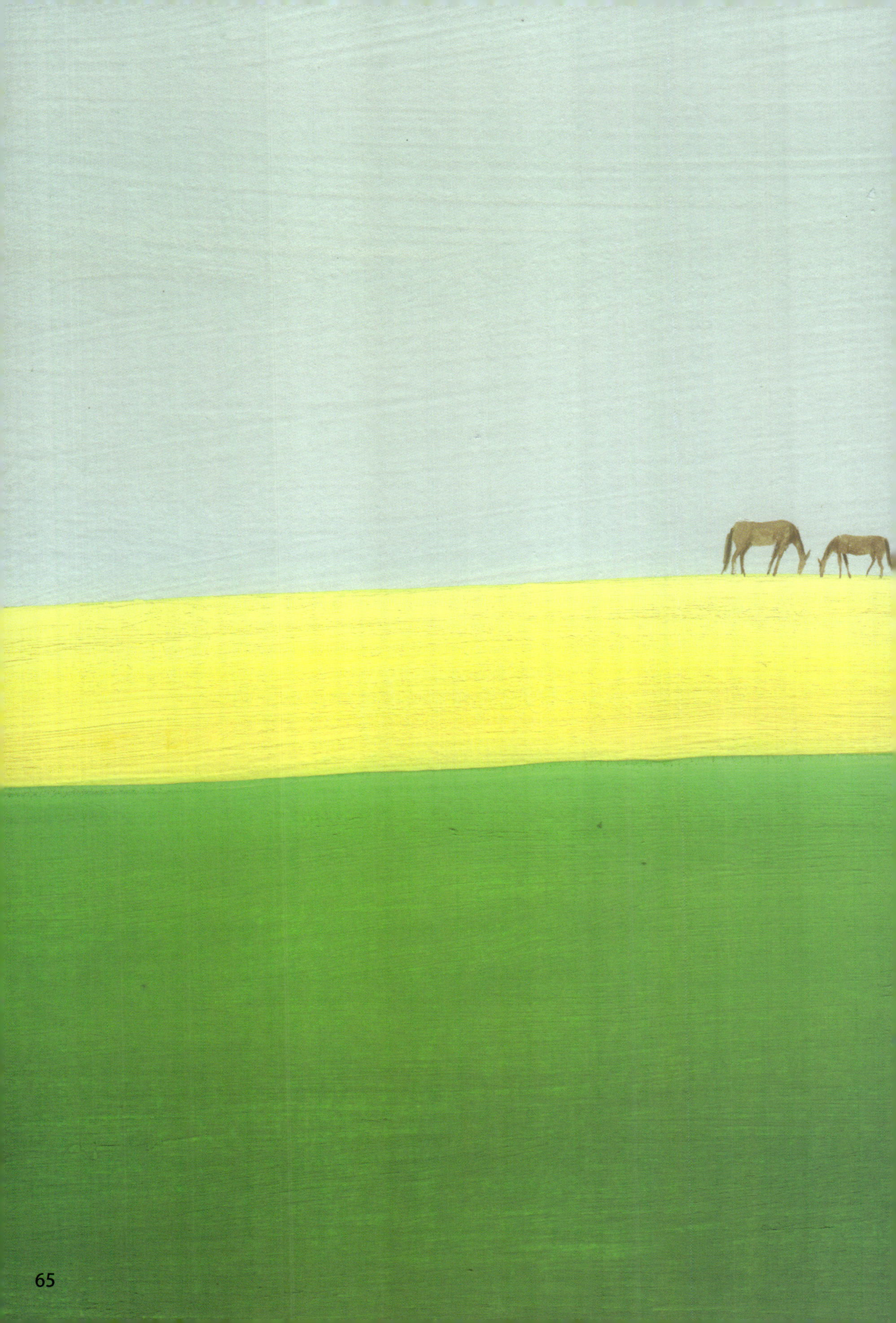

ともだち

ともだちが
いっぱいいっぱいできました
母よ
安心してください
父よ
よろこんでください
あしたはあの人に会える
あの人と会って話ができる
うれしいな
正直に素直に話ができた

子供のころよりも
もっと自分を出して話ができて
笑いころげて
一緒に泣いて
ともに学ぶ
ともだちは
遠いよその国にもできて
気がつけば
いま
朝の目覚めが楽しくて
父よ母よ
わたしは
元気です

耳を立てて

耳を立てて
幼《おさ》な子《ご》よ
君は
何を聞く
ツーイ　ツーイ　ツーイ
みそさざいだ
あの美しい声は
あれはルリヒタキかな
友だちが君を呼ぶ声

耳を立てて
聞こえてくるものみんな
大人たちのヒソヒソ話も
何もかも
聞きとってしまう
幼な子の耳
誰にでも幼い日があった
母よ
はるかな日びがおもわれますか
父よ
幼な子のやわらかなこころが
おもわれますか
十年は
あっと言う間です

選ぶのはあなた

法華経って
誰の為《ため》に何の為に書かれたのかしら
決まってるじゃない
そっち方面のギョウカイの人たちの為
という私の頭の中の固定観念を
消しゴムで消して消して消しながら
只今《ただいま》　ザ『法華経』観劇《かんげき》十回目です
思うことは
人間とは　わが身一つを処《しょ》しかね
自ら傷つき　あがきもがき
のたうちまわって生きる
生きものだということ
自分もその一人だということ

刻《とき》は永遠であり
いのちは一瞬であるということ
一瞬のいのちは輝いてこそであるということ
阿《あ》耨《のく》多《た》羅《ら》三《さん》藐《みゃく》三《さん》菩《ぼ》提《だい》って何？

その私に
どうするって
生きるのは　あなただと
どう生きるかは　あなたの選びだと
なんと
仏なる人が語りかけてくるのです
遠くでジィーとセミの声がしています
消しゴムはまだいっぱいあります
二〇一〇年の夏です

おかあさん

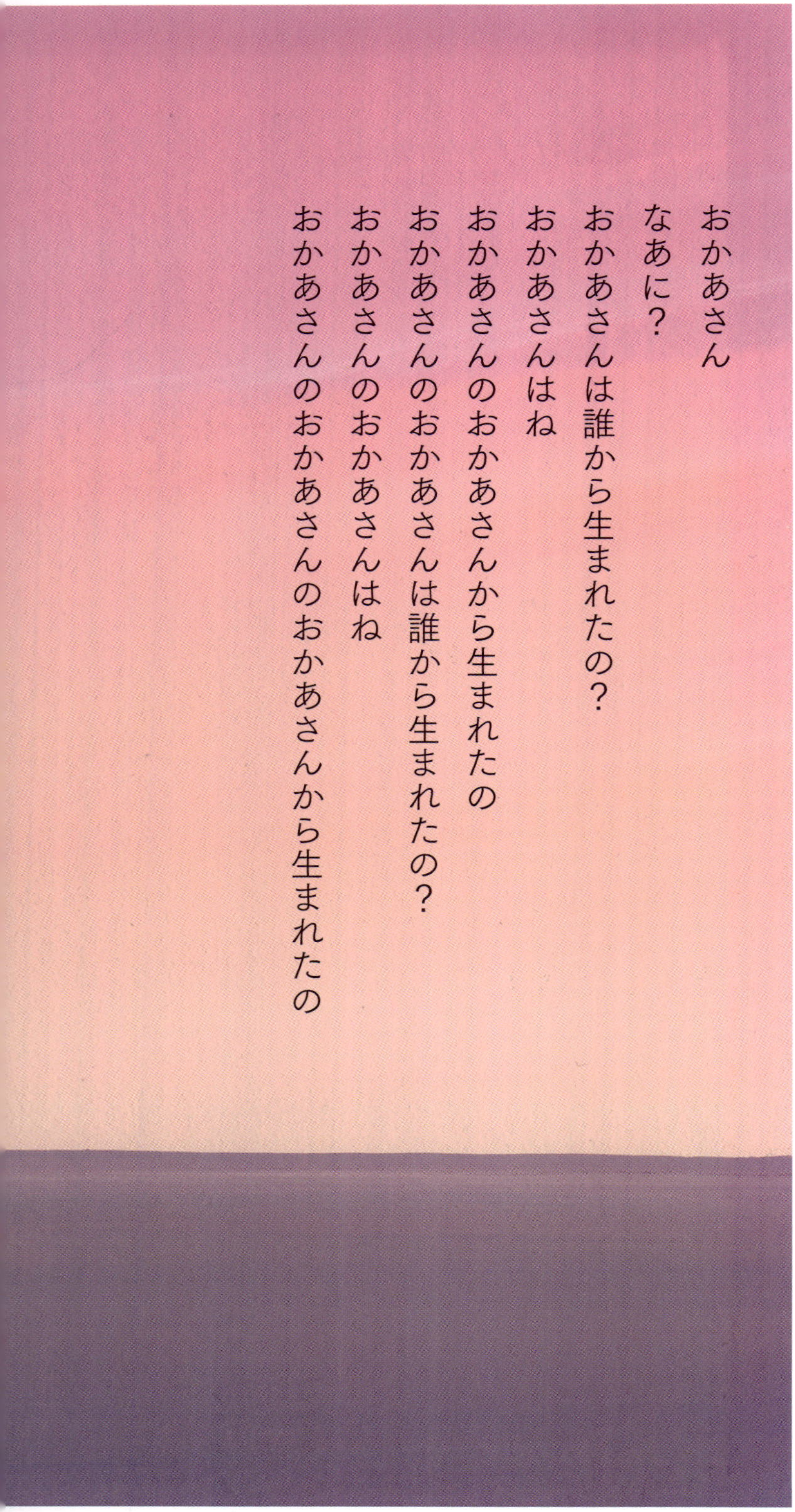

おかあさん
なあに？
おかあさんは誰から生まれたの？
おかあさんはね
おかあさんのおかあさんから生まれたの
おかあさんのおかあさんは誰から生まれたの？
おかあさんのおかあさんはね
おかあさんのおかあさんのおかあさんから生まれたの

おかあさん
なあに？
おとうさんは誰から生まれたの？
おとうさんはね
おとうさんのおかあさんから生まれたの
おとうさんのおとうさんは誰から生まれたの？
おとうさんのおとうさんはね
おとうさんのおとうさんのおかあさんから生まれたの

みんな
おかあさんから生まれてくるんだね
・・・・・・・・・
・・・・・・・・
オヤスミ

息子へ

「新しい白いズボンにオレンジジュースこぼしちゃって。

だから、おかあさんが言ったでしょ。立ったままで飲んじゃいけないって！」

「ハイ」

「はい、じゃないの！」

「ゴメンナサイ」

「ごめんなさいじゃないの！」

うしろの座席から
男の子と若い母とのやりとりが聞こえてくる

列車は止まり
また走り出す

飛び去っていった日々が鮮《あざ》やかに蘇《よみがえ》る
「どうしてこんなことしたの。ママがしてはいけないって言ったでしょ」

「ハイ」

「はい、じゃないでしょ！」

「ゴメンナサイ」

「ごめんなさいじゃないわよ！」

いま、私は生きていくことに疲れを感じ
幼《おさ》な子《ご》はまぶしい若者となった

「ゴメンネ」と言ってみる
「悪かったネ」と言ってみる

ふいに
熱いものがこみあげてくる
列車はまた止まり
また走り続ける

娘よ

娘よ

自分と　なかなか仲良くなれない
娘よ
はやく
自分と仲良くなれたらいいね

自分らしく
のびのびと
生きられるようになれるといいね

母も
同じ道を通ってきたのです

ゆいがどくそん

だれとも
くらべない
だれにも
おもねらない
だれのうえにも
たたない

わたしは
わたし
わたしを
いきる

「いなければいい……」

「いなければいい」と
ひそかに思われ続けている人が
いたとしよう

その人が
あるいは
自分であったらと
考えてみる

「いなければいい……」
なんていう悲しい言葉だ
「いなければいい」と
思われ続けている人を思えば
胸がつぶれる
ちぢこまりねじくれていくしかないではないか
淋《さび》しさの極限《きょくげん》にあって
何をしでかしても不思議はない

「いなければいい」人を
つくらなければ生きていけない人もまた
悲しいと言わずして何と言おう
人は
自分の都合で
「いなければいい」人をつくっていく
その果てに何が待っているか
考えることもなく

「いなければいい」人は
実は
「いなければならない」人なのではないだろうか

「いなければならない」人にめぐりあいたくて
「いなければいい」人を
まずこしらえるのかも知れない

「いなければいい」人が
「いなければならない」人に転ずるとき
道は拓《ひら》ける

この理を分かちあえたらと
願ってやまない

父へ母へ

どんな娘であったら
どんな息子であったら

お母さん
あなたは満足するのですか
お父さん
あなたは満足するのですか

この　わたしでは
いけないのですか
このまんまの　ぼくでは
いけないのですか

お父さん
お母さん

こたえてください

心の中で

誰もが
みんな
心の中で
感じてる
ひそかな願いが
聞こえてくる

この〝自分〟が生きている
この〝自分〟で生きてゆく

誰もが
みんな
心の中で
あたためてる

たしかな念《おも》いが
聞こえてくる
この〝自分〟が生きている
この〝自分〟で生きてゆく

誰もが
みんな
心の中で
歌ってる
小さな声が
聞こえてくる

この〝自分〟が生きている
この〝自分〟で生きてゆく

願い

祖母《そぼ》がいて
父《ちち》がいて
母《はは》がいて
姉《あね》たちがいて
弟《おとうと》たちがいて
わたしがいた

あれから五十年《ごじゅうねん》
連《つ》れ合《あ》いがいて
息子《むすこ》たちがいて
娘《むすめ》たちがいて
息子《むすこ》たちの
子供《こども》らがいて
わたしがいる

親《おや》と子《こ》ってさ
とりかえっこが
きかない者同士《ものどうし》だから

たまには
「ごめんね」も言《い》って
「ありがとう」って
うけ継《つ》ぎ
うけ渡《わた》してゆけたら
いいね

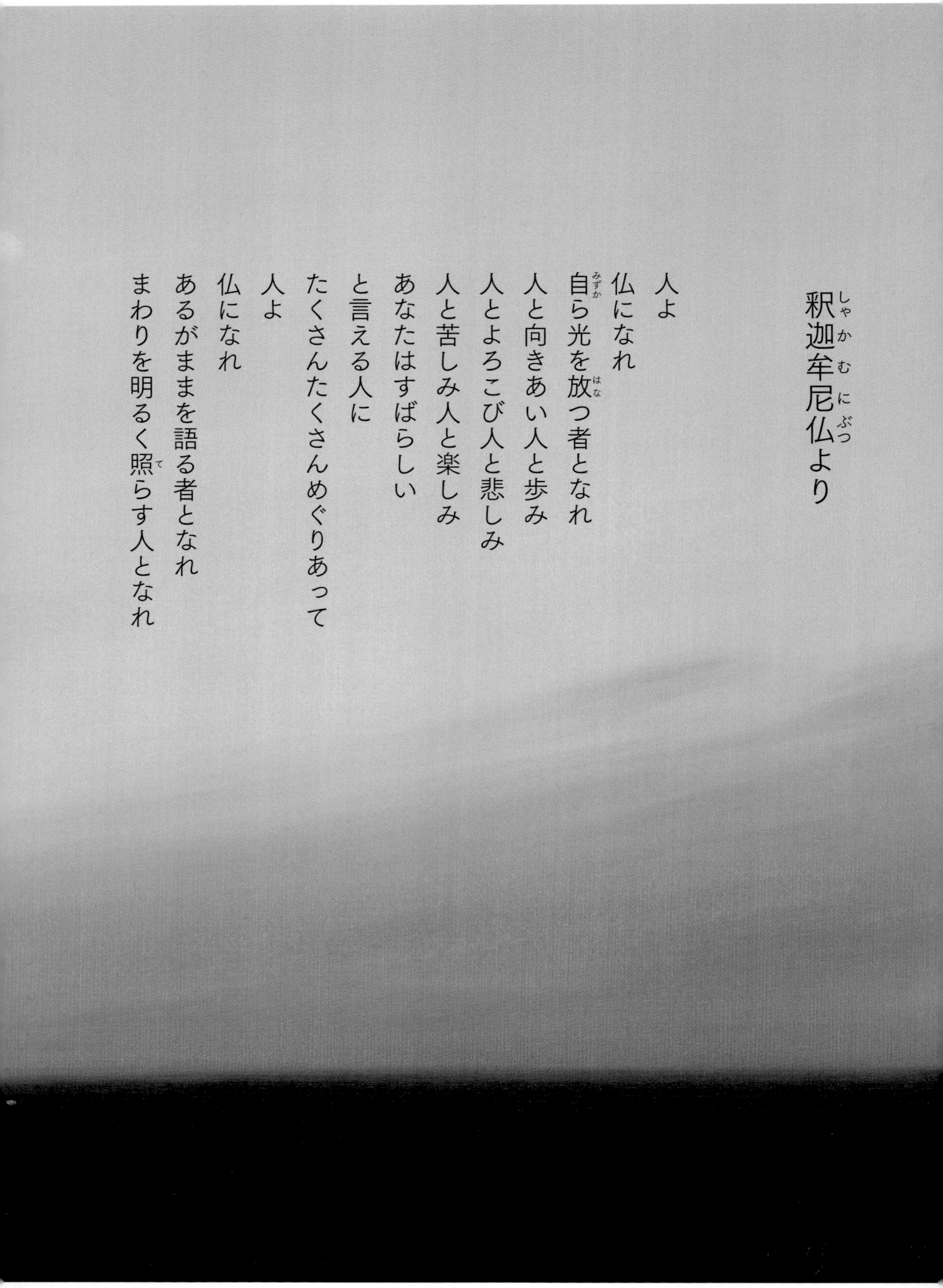

釈迦牟尼仏《しゃかむにぶつ》より

人よ
仏になれ
自《みずか》ら光を放《はな》つ者となれ
人と向きあい人と歩み
人とよろこび人と悲しみ
人と苦しみ人と楽しみ
あなたはすばらしい
と言える人に
たくさんたくさんめぐりあって
人よ
仏になれ
あるがままを語る者となれ
まわりを明るく照《て》らす人となれ

あとがき

本書『ある日　人は　鳥になる。』は、私のつれ合い、久保克児の詩集です。克児は、一昨年、平成二十八年（二〇一六年）三月九日、亡くなりました。彼女は『法華経』の教えと一〇〇パーセント対峙して日常を生きていた、そう言える人だったと思います。

彼女の座右の銘は、『法華経』です。言い変えれば、釈尊が『法華経』に説かれる〝仏教〟です。

『法華経』は古来、読む人によって、その教えのとらえ方がさまざまな面もありました。その中で、私は妻である夫であるということを超えて、彼女の『法華経』理解に共鳴してきました。

物語風にアレンジする中で、この経で釈尊が説かれていることは、経の導入である序章、「序品第一（そもそものはじまり）」で文殊師利菩薩が弥勒菩薩の質問に答えて、次のように述べる部分に説かれていると思うのです。

すなわち、『法華経』はその序章でこの経を世に出す理由として、「釈尊は、人びとが大いなる法を聴き、話しあうことを願って……」と言うのです。話しあうことに脚光があてられています。

〝話し（あう・あえる）場をつくる〟ことが求められています。

私たちには、同志が自分たちで達成している〝しあわせ〟感のつみ重ねから、この確信が生まれています。

この本の中で彼女が述べていること、それは論理的に分析して得た結果でもなく、日常性を超えた神秘的な〝さとり〟といったものでもありません。彼女が、今まで身を置き一昨年の春まで現に生きてきた生活の中で、多くの人びとと〝共に生き〟実感してきたことなのです。

私は、しあわせを味わっています。良き伴侶を得たしあわせ者です。

最後になりましたが、本書上梓にご尽力たまわった葉祥明先生、春秋社神田明会長、澤畑吉和社長、佐藤清靖編集取締役、編集部楊木希さん、また推薦文をいただいた高石ともや先生に心から御礼を申し述べます。

平成三十年（西暦二〇一八年）二月九日

久保継成

久保克児（くぼ　かつこ）

一九三七年東京生まれ。東京女子大学文学部日本文学科卒。法政大学大学院人文科学研究科日本文学専攻修士。同博士課程修了。日本精神科学研究所理事長、在家仏教こころの会副会長、在家仏教こころの研究所客員研究員等を歴任。二〇一六年三月逝去。

著書『佛をもとめる心』（講談社）、『妙一百句撰』（佛乃世界社）、『女が自分を見つめるとき』（ＰＨＰ）、『子どもという財産』（祥伝社）、『生かしあっていのち』（いんなあとりっぷ社）、『法華経一～六』（一陽舎）、『この自分で生きる　ここから生きる』（一陽舎）、『しあわせになる』（在家仏教こころの会）、『久保角太郎――「父母双系の先祖供養仏教」誕生』、『こころ菌』（春秋社）他。論述掲載書『女性と教団』（国際宗教研究所編）。

葉祥明（よう　しょうめい）

【本名：葉山祥明】（絵本作家・画家・詩人）。一九四六年熊本市生まれ。創作絵本『ぼくのべんちにしろいとり』でデビュー。一九九〇年、創作絵本『かぜとひょう』でボローニャ国際児童図書展グラフィック賞受賞。一九九一年、鎌倉市に「北鎌倉葉祥明美術館」、二〇〇二年に「葉祥明阿蘇高原絵本美術館」を開館。絵本『地雷ではなく花をください』『イルカの星』など多数。http://www.yohshomei.com

---

ある日　人は　鳥になる。

二〇一八年三月九日　第一刷発行

著者　久保克児
編者　久保継成
発行者　澤畑吉和
発行所　株式会社春秋社
〒一〇一―〇〇二一
東京都千代田区外神田二―一八―六
電話（〇三）三二五五―九六一一
振替〇〇一八〇―六―二四八六一
http://www.shunjusha.co.jp/

印刷所　萩原印刷株式会社
絵　葉　祥明
デザイン　河村　誠

2018 ISBN 978-4-393-43450-5

久保克児の本

こころ菌

日々の喜びや苦しみから〝さとり〟をみつける心の詩集。葉祥明の絵とともに36篇を収録。友人や家族のなかで彼女が感じてきたこととは。人生に寄り添いつづける一冊。

2200円

ある日 人は 鳥になる。

お釈迦さまのメッセージを心豊かな詩とイラストとともに綴る。読むたびに新たな気づきをもらえる、日常の喜びや気づきを丁寧にすくいあげた〝さとり〟と人生の詩集。

2200円

久保角太郎「父母双系の先祖供養仏教」誕生

近代と格闘し、新たな〈救い〉と〈自立〉の道を切り拓いた、希有な宗教者の生涯と思想とは。その知られざる実像を提示し、日本近代の意味を問う、画期的な大著。

3200円

※価格は税別。